SOMBRA VENENOSA

DAVID MENDOZA

POISON SHADOWN
(SOMBRA VENENOSA)

LUCKY MENDOZA

SOMBRA VENENOSA

DAVID MENDOZA

"Más vale estar borracho y no ver nada que sobrio y darse cuenta de todo"

(David Mendoza).

SOMBRA VENENOSA

DAVID MENDOZA

SOMBRA VENENOSA

Mendoza, David.

"SOMBRA VENENOSA"

1ª Ed., Febrero 2011

Narrativa, Relatos y cuentos, 81 páginas.

Original story: David Mendoza.

Contact: luckyman76@hotmail.com

Lulu.com/ 3101 Hillsborough st. Raleigh/ Carolina del Norte (EEUU)/ 27607-5436.

FIRST EDITION.

SE-101-11

Made a deposit that marks the law 11.723

DAVID MENDOZA

ÍNDICE:

SOMBRA VENENOSA

DAVID MENDOZA

PRÓLOGO:

ESE FUE EL DIA.
ESE FUE EL ETERNO
LUGAR EN EL QUE
SIEMPRE NOS
VEÍAMOS.

AÚN RECUERDO AQUELLA CITA, BAJO
LA TIBIA LLUVIA, EN UNA NOCHE
TAMBIEN ETERNA.

14

15

16

17

SOMBRA VENENOSA

18

AHORA, CADA NOCHE PATRULLO ESTE MALDITO LUGAR PARA ENCONTRAR A MI AMADA

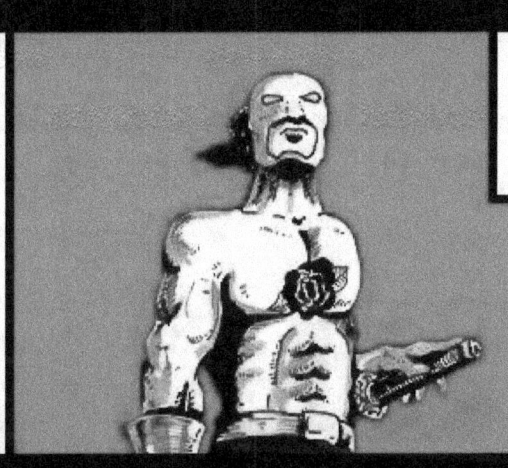

CUBRO MI ROSTRO BAJO UN ANTIFAZ, PUES NO ME GUSTA DAR EXPLICACIONES DE MIS ACTOS A LA POLI CORRUPTA. UNA CORAZA Y BUENAS ARMAS ME PROTEGEN. UNA ROSA NEGRA EN MI PECHO, LATE CON DOLOR.

MI CUERPO ES MÁS FUERTE, PUES INFECTADO DE AQUELLOS DEMONIOS ESTOY.

"SOMBRA" ME PUSIERON...
... SOMBRA VENENOSA SOY...

19

DAVID MENDOZA

CAPÍTULO 1: FOREVER:

En la oscuridad de su habitación un joven se vestía lentamente con ropas oscuras. Ensimismado se miró al espejo y luego cerró los ojos. No le gustaba lo que veía. Sus largas melenas castañas recogió en una cola. De un armario sacó un extraño peto que en silencio se lo abrochó sobre su fornido pecho. Parecía controlar la situación, parecía conocer la ubicación de cada objeto en la más inmune oscuridad de su habitación. Se inclinó con trabajo sobre el mismo armario del que sacó el peto y cogió una espada japonesa, caracterizada por una hoja recta de un solo filo. Enrollada en la misma tenía lo que

parecía un cinturón con numerosos y extraños artilugios, que se colocó hábilmente. Las sombras no le dejaban ver cómo abrocharse sus artilugios, pero era como si no le importase, era una de sus menores preocupaciones. Luego se colocó con suavidad unas botas acabadas en punta, sobre unas mayas de licra que le marcaban su físico. Por último se colocó un antifaz que le cubría medio rostro, dejando salir por el extremo posterior del mismo su melena recogida en una cola. De nuevo se miró en el espejo y contempló el dibujo que en su pecho sobre el peto se erigía, el de una rosa negra cortada a ras sobre sus dos últimas hojas. Sus ojos azules se empañaban de lágrimas y tristeza por lo que le rondaba

en su mente. Luego abrió la ventana de su habitación y se asomó al abismo en su octava planta sobre la ciudad envuelta en densas nubes de lluvia ya en una tarde oscura y cerrada. Pensaba en todo lo que le había llevado hasta allí y no sabía si lograría volar esta vez. Puede que fuese su único y último intento.

El miedo le asolaba sólo con pensar en lo que le deparaba su destino, en su misión celestial que debía realizar. Pánico que le hacía dudar entre lágrimas y soledad. Se detuvo en un primer intento y sobre su ventana se sentó dejando sus pies colgando al vacío. De esa forma y en aquél curioso sitio pensó de nuevo en todo lo que le atormentaba, sobre todo en el hada que le llevó hasta allí. Un amor del que vivía aún obsesionado

en una ciudad imposible para los dos. Un amor que hechizado por un beso permanecía. Un amor por el que su vida pensaba que algún día daría.

Pensó en ella y derramó nuevas lágrimas. Su bello semblante parecía contemplar en la brillante faz de la luna que observaba cómo se dejaba caer ya en la noche entrante sobre aquella humeante metrópolis. Pero las nubes de tormenta disipaban su pensamiento al ocultar con espasmos la luna intensa.

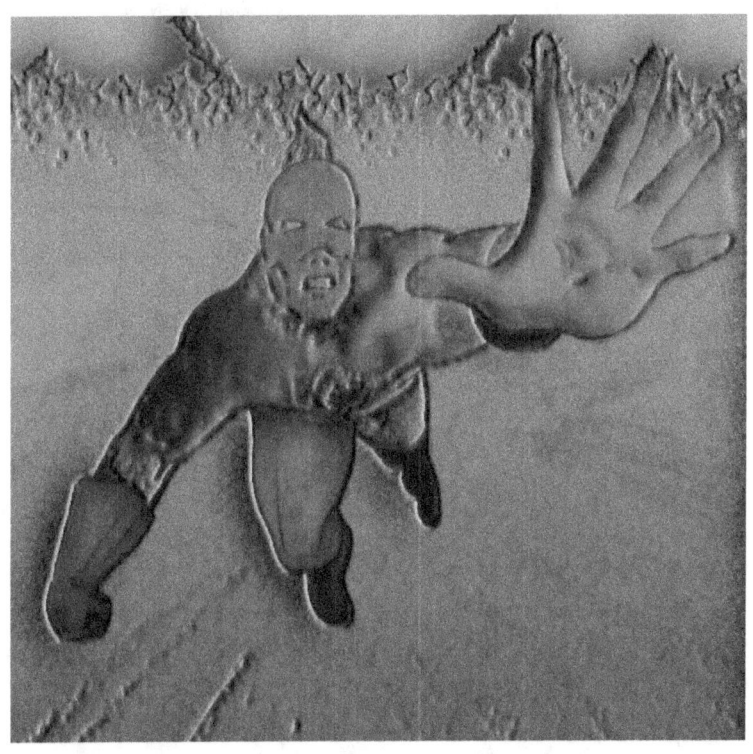

Se levantó de un salto pues agilidad no le falta. Se

llevó su mano derecha a su espalda y del cinturón sacó

un extraño artilugio en forma de pistola aunque más

sofisticado. Apuntó a la pared del edificio de enfrente y

disparó. Un largo hilo metálico salió despedido de aquella arma y se clavó justo a los veinte metros que le separaba de aquel bloque de edificios. Miró a su alrededor y comprobó que nadie le estuviese observando. No quería testigos. Luego agarró con fuerzas el arma que sostenía el otro extremo del cable y con decisión, esta vez, saltó al vacío. Su ropa se agitó al viento en aquella larga caída. Su espada, anclada en el lado izquierdo de su cinturón, se balanceó con él. Sin esfuerzo llegó a la cornisa del otro edificio y recogió con ágil prisas el cable. Luego miró a su alrededor y plasmó su objetivo en otro edificio cercano pero esta vez en otra dirección. De aquella forma se desplazaba entre las altas

DAVID MENDOZA

torres que componían aquella enigmática ciudad hasta que llegó a un saliente de una cornisa decorada con estatuas de gárgolas endiabladas, monstruos de lo más horrible que en piedra pagaban la deuda que tenían con la humanidad. En aquél lugar se sentó de nuevo con los pies al vacío y recordó cómo perdió a su más bello amor. Fueron varias figuras oscuras, poco reconocibles, las que se la llevaron. Eran como seres de otro mundo, extraños monstruos con grandes colmillos y ojos amarillos y brillantes. De aquello ya habían pasado varios meses y aún lo recordaba como si hubiera sucedido ayer mismo. Él no pudo hacer nada por ella, tan solo ver cómo se la llevaban y desaparecían entre las sombras de los barrios que ahora desde lo más alto de sus edificios patrullaba

para localizarla. Desde aquél día nunca dejó de buscarla y esperaba vengarse de sus captores por lo que le habían hecho sufrir, por el amor que habían cegado de raíz.

—Uno de Julio en la ciudad sin retorno—recordó.

—Día a día la misma función y nunca dejo de pensar en ti—murmuró al viento pensando en su amor.

—Solo espero liberarte de aquellos demonios que te llevaron—

—Estoy tan envenenado con tu recuerdo, con la última sonrisa que me dedicaste, con todo tu semblante... ¿por qué?. Quizá sea más fácil dejar de existir, pero entonces, ¿quién te salvará?, ¿quién vengará nuestro amor separado por inmundas bestias?. Recuerdo aquellas

DAVID MENDOZA

caras, aquellas miradas profundas y criminales, sádicas asesinas, monstruos de los infiernos que caminan entre nosotros buscando comida. Salieron de entre las sombras y enseñaron sus dientes afilados. Yo grité pero era demasiado tarde. No pude evitarlo y me castigo por ello. Aquellas bestias te envenenaron para que fueses uno de ellos, pero yo desde lo alto de este mundo, esperaré con paciencia el día de encontrarme con alguno de ellos para que me lleve junto a ti—

—Solo espero estar preparado esta vez—

CAPÍTULO 2: I NEED YOUR LOVE:

Ocho de Julio en la ciudad del caos. Aquellas gárgolas eran espías del sufrimiento del joven enmascarado que cada noche patrullaba aquellos recónditos lugares en busca de su deseado amor. Nunca perdía la esperanza de volverla a ver y recordaba cada minuto lo que pasó con ella desde el día que la conoció. Su única esperanza era que ella nunca le olvidara si permanecía con vida, aunque esperaba bajar a los infiernos en su búsqueda si era preciso, cual Hércules con su amada en el antiguo universo griego.

Dᴀᴠɪᴅ Mᴇɴᴅᴏᴢᴀ

—Solo me gustaría volverla a ver, salvarla de su maraña sangrienta que la asola, de aquellos monstruos que se la llevaron para alimentarse de su alma, de los inútiles esfuerzos que nunca nadie hizo por ella frente a su desaparición. Solo espero rescatarla del inframundo aunque me cueste la vida con ello, y si mi espada tiene que derramar sangre, lo hará sin temblar—pensó sentado en uno de aquellos edificios que se erigían de entre la niebla que envolvía los bajos de la ciudad prohibida.

Pero la cosa empezó a complicarse cuando aquellos monstruos de la oscuridad volvieron a surgir de entre las sombras en el mismo edificio que él se

encontraba meditando y cargado del odio que engullía a toda venganza. En total eran tres seres vestidos con largas túnicas negras. En aquella noche oscura y envuelta en niebla densa que lentamente subía por las paredes del edificio para disiparse con la brisa que acompañaba a la luna en su aparición, tan sólo relucían de sus rostros los ojos amarillos y los grandes colmillos cuando sonreían con fría maldad. Tras él permanecieron sin llamar su atención en un principio. Lo observaron asechándole como si de una presa se tratase, pero cometieron el error de hacerse notar.

DAVID MENDOZA

—Sabemos que nos buscabas desde hace días— le susurraron con una siniestra voz de ultratumba.

En aquél momento el joven se incorporó y se giró y llevó sus manos al mango de su espada y a la funda al mismo tiempo. Su cuerpo se puso en tensión deseando hacer silbar la hoja de su ninjato. El odio se hacía ver en sus ojos. Aquellos seres sonreían sin temor.

—Caerás en nuestras manos— le dijo uno de ellos.

—Pronto aceptarás ser uno de nosotros—

SOMBRA VENENOSA

DAVID MENDOZA

Al oír aquellas hipócritas palabras el joven del antifaz desenvainó su espada y la apretó fuertemente entre sus manos. El brillo de su hoja al reflejar la luz de la luna que se asomaba entre nubes hambrientas de débiles, cegó la sonrisa de los demonios los cuales empuñaron extraños cuchillos árabes de hojas muy curva y decorados con diamantes y piedras preciosas de colores, incrustadas en un mango bañado en oro.

—Debo creer en mis posibilidades— se dijo el joven levantando su arma por encima de sus hombros.

— ¿Recuerdas lo que pasó realmente?— le preguntaron.

—Sólo sé que ustedes os llevasteis al amor que más he querido— contestó el joven.

—Te equivocas humano, fue ella quien vino a nosotros—

—No permitiré que habléis mal de mi amada. Preparaos para enfrentaros a vuestro destino— replicó apretando aún más su arma entre sus manos.

Como un rayo se abalanzó sobre ellos cortando por la mitad a uno e hiriendo a otro de los tres seres que le rodeaban. La sangre del monstruo manchó la azotea de aquél edificio en un reguero goteante bastante pringoso.

DAVID MENDOZA

—Recuerdo vuestras miradas cuando os la llevasteis, y los colmillos que conmigo no sirvieron para nada. Sé que nuestro amor es para siempre— les gritó.

Lucharon a muerte entre golpes de espada y cuchillo, y patadas marciales. Varias veces fue herido en sus brazos ya que aquellos seres parecían volar dando grandes saltos que retaban a toda ley de la gravedad. Pero aquello le enfurecía aún más y como un animal se abalanzó sobre ellos logrando clavarle la espada en el pecho a otro que con un grito se desvaneció en un intenso dolor hasta dejar de respirar.

Empezó a llover levemente, mojando a los dos últimos guerreros que quedaban sobre aquél edificio en la penumbra de la noche que ocultaba de nuevo la luz de la luna. Como un demonio le enseñaba los dientes y hacía ademanes para morderle, pero el joven lo esquivaba con suma habilidad.

—Ni la lluvia gris de esta noche oscura borrará de mi alma el amor que siento por ella, tan sólo conseguirá ahogar mis heridas en un mar de odio y venganza enfureciéndome aún más como un ave rapaz frente a su presa, como un felino hambriento encadenado, como el reptil violento y poderoso que cierra sus fauces al

destino. Intento eliminar mi sed de venganza y por desgracia estás en el sitio equivocado— le dijo al monstruo que empezó a temer aquellas palabras del enloquecido joven enmascarado.

—Ahora tú eres mi presa, y pronto estaré con ella porque nadie se interpondrá en mi camino— continuó ante la indecisión del monstruo que sujetaba con una mano temblorosa su puñal.

DAVID MENDOZA

Bastó sólo un giro de brazo y cintura para hacer silbar la espada con la que sin esfuerzo cortar la cabeza de aquél ser a la altura de la mandíbula, dejándole aún en pie mientras su cerebro asimilaba su destrucción y derrota ya en el suelo. El cuerpo emanando sangre que se confundía entre la lluvia que suavemente caía, se desplomó sobre la azotea mojada por el odio y la venganza. Aquella lucha ya había terminado y el joven respiró aunque no tranquilo pues había eliminado con su odio a toda posibilidad que le acercase a ella. Se comportó quizás como más animal que aquellas bestias y en su inminente locura aquello le gustó. De lo único de lo que se arrepentía era de no haberle sacado ninguna información a los seres que acababa de descuartizar.

SOMBRA VENENOSA

Aquello le hacía recordar de nuevo su pasado herido, oír su voz de nuevo al viento y bajo la lluvia gris enfundar su arma para sentarse de nuevo en la cornisa del edificio a esperar una oportunidad para encontrarla ya que sin remedio, necesitaba su amor para no ser la bestia que más odiaba.

DAVID MENDOZA

CAPÍTULO 3: YOU ARE BEAUTIFUL!

—Quince de Julio en la ciudad sin rostro— susurró el joven bajo la lluvia sin importarle mojarse entre aquellos mudos edificios.

—*You are good looking*! Me dijo la primera vez que la vi. Sus lindos ojos llamaron mi atención entre la multitud en aquella fiesta de primavera. Su sonrisa me cautivó y noté que mi interior gritaba que me acercase a aquella chica, que la apretase entre mis brazos y que nos fuésemos hasta el fin del mundo juntos. *You are beautiful!*, le correspondí. Fueron en los primeros momentos que entablamos una conversación en el que notábamos cómo nuestros corazones se aceleraban en un frenético ritmo impulsivo como de tambores retumbando sin cesar. Todo enmudeció con el primer beso que le di en aquella fría noche junto al río de esta acechante ciudad. Luego, la magia hizo el resto— recordó con triste nostalgia

mientras se balanceaba de un edificio a otro cual héroe de los cómics inmortales, pero esa no era su condición y cualquier caída podría ser fatal.

—Aún recuerdo cuando la besaba, abrazados en nuestro lecho como dos enamorados, acariciándonos todo el cuerpo con espasmosa delicadez. Sus pechos entre mis labios se ruborizaron y erigían en un hipnótico palpitar desenfrenado, en un sediento bocado al mismo tiempo que nos apretábamos fuertemente para intentar fundirnos en las llamas del amor, al son del nuevo latir de nuestros corazones en la penumbra de mi habitación que ahora amanece tan sola como el interior de mi ser cada segundo que no recupero a mi amor en esta ciudad entre marañas de cables y ladrillos ensangrentados por la

dejadez de la gente durante el día y la incompetencia de la policía durante la noche—

—Tal vez ya haya muerto en algún momento de mi transcurrir y no sea más que un sueño, una mala pesadilla la que día a día vivo sin cesar— pensó funestamente agachado en la siguiente cornisa que pisó.

Silenciosa como la sombra venenosa que siempre fue, se le acercó al joven desde la oscuridad, oculta en una de aquellas gárgolas guardianes de los edificios que descansaban en cada cornisa. No daba crédito a lo que veía, ni tampoco en la circunstancia en que sucedía aquellos hechos pues era nuevamente una casualidad la

DAVID MENDOZA

que le arropaba al coincidir en aquellas alturas dos almas que en su día fundidas en un beso estuvieron. Las cosas no eran como él creía y sin palabras había quedado al contemplar el rostro que cada noche buscaba en la oscuridad. Era ella quien caminaba sin temor de caer al vacío, por aquella escueta cornisa en dirección al joven enmascarado que paralizado se había quedado.

SOMBRA VENENOSA

DAVID MENDOZA

—Esa mirada me encanta. Aún recuerdo tu perfume. ¿Cómo es posible?¿es un sueño o estoy muerto ya? He deseado tanto este momento para poder descansar en paz— murmuró el joven.

—Déjame ver el rostro que se esconde tras esa trágica máscara. Déjame ver tus ojos— dijo ella acercándose a él.

—Aún no. He de asegurarme de tantas cosas antes de todo—

—Olvida esas cosas que te atormentan, ese pasado que tu mente asola, las palabras hipócritas y necias que no te dejan dormir. Olvida los malos momentos y piensa en que todo a partir de ahora nos irá bien—

—No lo entiendo. Apareces de buenas a primera como si nada hubiera ocurrido, aquí desde tan lejos, aquí desde todavía, y quieres hacer planes de futuro. Apenas oigo los latidos de tu corazón. Esa que me habla no eres tú—

—No merece la pena destapar la memoria del pasado. Ahora todo ha cambiado. Únete a mi y seremos inmortales en este nuevo hechizo que nos une— le susurró ella al oído al mismo tiempo que le abrazaba.

Él quería abrazarla también, estrecharla entre sus brazos como la primera vez, pero algo le decía que la que hablaba no era ella sino algún embrujamiento que la poseía con el fin de derrotarle, de poseer su alma por

DAVID MENDOZA

orden de aquellos demonios que se la llevaron y la cambiaron. Él quería dejarse llevar y permanecía frío intentando escuchar los latidos de su corazón que le demostrara que había alguien en su interior.

Los dos se miraron de nuevo. Sus labios estaban a punto de rozarse pero entonces ella retrocedió un poco. Su mirada cambió y sus colmillos crecieron como los de las extrañas criaturas que se la llevaron. Ahora ya estaba seguro de que todo era un juego para derrotarle. En aquél momento el joven supo que su amada ya no era la misma y su interior lloraba sin cesar.

— ¡Perdóname! — le exclamó ella intentándole morder.

El joven del antifaz no opuso resistencia al mordisco de la bestia en la que se había convertido el

amor por el que cada noche daba la vida buscando. Y en su cuello un veneno con sus colmillos clavó para embrujarle como a una rosa de pétalos negros, marchitada por el sufrimiento, herida por la venganza que inútil se volvía.

—Sólo así puedes ayudarme— le dijo ella antes de marcharse de allí de la misma forma que apareció. La sombra venenosa que era, en oscuridad se perdió.

En aquella cornisa quedó el joven ensimismado de nuevo y meditabundo. Pensaba qué había ocurrido, tal vez creía que todo había sido una pesadilla pero salía de toda duda cuando su cuello tocaba con sus dedos y una herida tenía. El veneno ya corría por sus venas y pensaba en aquellas palabras que ella le dijo, en la ayuda que de

aquella forma le pedía, tal vez para igualar sus fuerzas con sus enemigos y de aquella manera liberarla de su hechizo. No se lo podía quitar de la cabeza, debía ser fuerte y asimilar lo que había ocurrido. Debía controlar el veneno de su cuerpo y usarlo a su favor pues la muerte en forma de bestia se acercaba cada vez más y tan sólo debía seguir buscando entre nubes y borrascas de verano, entre lluvias frías y asoladoras, entre aquellos edificios en los que se escondían cual gárgolas horribles. Ese era su sino, la prisión de cada día.

DAVID MENDOZA

CAPÍTULO 4: SYMPHONY DESTRUCTION:

Veintidós de Julio en la ciudad de las sombras venenosas. El joven enmascarado apenas podía conciliar el sueño en esos días desesperados por oscurecer. La locura le invadía cada instante al recordar lo que le pasó la última noche que la vio y el veneno que le transmitió quizás para dejar de existir en este mundo de sufrimiento y nostalgia. Él se sentía diferente, con más fuerza en su interior, como si aquél veneno le estimulase a la vez que le iba transformando en la bestia que más odiaba, siendo el problema ahora doble ya que debía, además de encontrar y rescatar a su amor, controlar su

interior y no dejar escapar el monstruo de sí mismo que destruiría todos los valores por los que siempre había luchado.

Como cada noche desde entonces, el joven acudía al edificio donde la vio por última vez, con la esperanza de encontrarla de nuevo y despertar de esa pesadilla en la que vivía. Se sentaba en la cornisa junto a una de esas gárgolas que le observaban y dejaba colgar los pies al abismo de su locura. Su constancia y desesperación le dieron por fin el fruto que ansiaba cuando contempló como en lo alto del edificio en el que estaba, subían aquellos seres trepando con habilidad hasta la azotea. Inmediatamente se incorporó y subió a la misma para

enfrentarse a su destino. Allí se encontraban cuatro seres envueltos en las sombras que le estaban esperando.

—Ahora eres uno de los nuestros. No te resistas, déjate llevar y pronto tu sufrimiento habrá terminado— gruñó uno de aquellas bestias babeando saliva.

Los deseos de venganza dominaban su mente pero al mismo tiempo el veneno le estaba haciendo efecto. Debía dominarlo y enfrentarse a lo que más odiaba.

—Debo luchar para encontrar al amor que tanto añoro— pensó con bastante esfuerzo pues ya nada era claro en aquellos momentos.

Sus fuerzas disminuyeron y clavó sus rodillas en el suelo. Sin poder hacer nada observó cómo aquellas figuras se le acercaban y le rodeaban. Apenas podía moverse ni hablar. De alguna forma estaba paralizado por lo que corría en sus venas, por el veneno de su amor, por el hechizo de las sinfonías de destrucción de aquellas noches eternas de constante e impotentes búsquedas.

Uno de aquellos seres le agarró por la cabeza y se la echó hacia atrás, mostrando su cuello desnudo e

DAVID MENDOZA

indefenso. Luego con suma habilidad le encadenó los brazos a su espalda a la altura de los codos. Después le soltó el cuello y esperaron un tiempo antes de torturarle.

—Oigo gritos en la noche que provienen de mi interior profundo. Me dicen que quieren salir como si de mil demonios se tratasen, todos agujereándome el alma en un eterno sufrimiento. No sé qué esperan de mí. No sé si podré controlarlo un poco más. Siento que cuando la bestia se libere desde mi interior, ni yo mismo quedaré con vida. No sé qué hacer— pensó entre las primeras gotas de lágrimas que recorrían su semblante oculto tras aquella máscara enfermiza.

— ¿Por qué me miran estos seres y no me devoran?, ¿a qué esperan?, ¿por qué no me dicen nada?, no lo entiendo— se preguntaba repetidamente mientras una lucha se producía en lo más hondo de su ser por la hegemonía del bien o del eterno pecado.

El joven poco a poco empezó a tener uso de su paralizado cuerpo pero de alguna extraña forma se había transformado en lo que perseguía. Sus colmillos habían crecido ferozmente y sus ojos se volvieron de un amarillo aterrador al igual que los de sus captores quienes únicamente esperaban a que se debilitara totalmente para que la bestia saliera de su interior y llegase a

convertirse en uno de ellos. Pero lo que ocurrió fue todo lo contrario. El joven se transformó en lo que más odiaba y consiguió deshacerse de las cadenas que le aprisionaban abriendo simplemente sus brazos. Su fuerza era brutal. El monstruo de su interior salió descontrolado y se abalanzó sobre aquellos seres que no tardó en descuartizar con sus propias manos. El joven intentaba controlarse pero el odio era mayor aún. Cinco seres más salieron de su escondite entre las sombras y se abalanzaron sobre él quien no retrocedió ni un centímetro. Se movía velozmente y sus golpes eran mortales. Tan eficaces que a uno de ellos le sacó el corazón con sus dedos ante una risa de ultratumba que provenía del otro extremo de la azotea.

Sus víctimas cayeron al suelo y se volvió para ver quién era el dueño de aquella carcajada diabólica.

— ¡Así me gusta! — exclamó aquél ser al parecer jefe de los demás.

DAVID MENDOZA

—Tu odio ha crecido tanto que te has vuelto muy poderoso. Desde un primer momento supe que tú serías el elegido para mis planes— continuó.

Hacia él se acercó aquél ser abrazando a la chica que permanecía como hipnotizada y no intentaba escapar. El joven se sorprendió al verla. Por fin llegó el día que se decidiría todo.

— ¿Cuáles son tus planes? — le preguntó furiosamente el joven.

—Por tu bien será mejor que no le hayas hecho nada a mi amor— le amenazó con el ceño fruncido.

—Veo que no comprendes nada— le contestó.

—Por tu condición, por tu habilidad te he elegido. La chica no era más que el señuelo para atraerte a mí. El que realmente me interesa eres tú y el odio que puedes llegar a producir para conseguir tus objetivos que pronto serán los míos y juntos dominaremos esta oscura ciudad— continuó.

—No sé cuánto tiempo me queda para dejar de existir y convertirme en su esclavo pero debo detener esta abominación en la que me estoy convirtiendo y así no tendrá lo que quiere esta mala bestia— pensó al mismo tiempo que intentaba recuperar el yo de su interior y

eliminar todo odio y venganza que habían convertido la sangre de sus venas en el veneno de su locura.

—Nunca lo conseguirás— le gritó.

—No entiendes nada. Si no eres tú no me sirves de nada. Encontraré a otro ser de tu condición. A lo largo de los años he preparado este objetivo, desde que me expulsaron de la Orden he preparado mi venganza—

—No permitiré que la noche sea eterna en esta ciudad, y si para ello tengo que dar mi vida, no dudes que lo haré— le dijo el joven empuñando y desenvainando su espada.

— ¿Crees que con esa espada podrás detenerme? — le preguntó aquél ser de horribles fauces al mismo tiempo

que de un empujón apartó a la chica de su lado y se preparó para la batalla sacando una extraña arma.

Ella gritó de impotencia al no poder ayudarle cuando el arma rugió. El joven saltó hábilmente para esquivar las balas pero fue alcanzado en el hombro. Apenas sentía dolor pues la bestia enfurecida volvía a resurgir.

—Quizá deba combatir el fuego con fuego— afirmó aquél ser sacando de debajo de su túnica una espada curva muy parecida a los cuchillos que empuñaban sus secuaces.

DAVID MENDOZA

El crujir de las hojas de las espadas golpeándose en alto rompió el silencio de la noche ante la desesperada mirada de la joven que cayó al suelo envenenada también, pues el tiempo se estaba consumiendo y él debía destruir a su enemigo para que el hechizo se rompiese o de lo contrario, el mal gobernaría aquella ciudad hasta el resto de sus días.

Golpes secos al viento gruñían incesantemente hasta el punto de romper la espada del joven por la mitad. Luego la hoja curva de aquella poderosa espada se clavó en el estómago del desafortunado enmascarado que cayó al suelo malherido ante la risa de su enemigo que se disponía a rematarle cruelmente.

SOMBRA VENENOSA

DAVID MENDOZA

—No puedes vencerme. Mi cuerpo no es todo odio y venganza. Estoy aquí por amor y eso es una razón más poderosa que cualquier magia negra de ultratumba— le dijo el joven levantándose de un salto y mirándolo fijamente a los ojos.

Ahora era él quien le sonreía a la muerte. Aquél ser no comprendía cómo podía levantarse cuando debería estar muerto. El joven se acercó apretando fuertemente su espada rota entre sus manos. La bestia intentó cortarle en dos pero su brazo detuvo el golpe sin inmutarse. La coraza que lucía inteligentemente le había salvado la vida y había creado la confusión en aquél ser que pensaba cada vez más que no podría destruirle.

—Escucha esta sinfonía de destrucción— le dijo el joven realizando un corte circular descendente con lo que le quedaba de espada.

DAVID MENDOZA

En dos partió aquella espada curva ante la sorpresa del monstruo que se quedó en silencio al ver cómo su cabeza se desprendía del cuerpo para caer en las manos del joven que la cogió y la miró fríamente.

—Te dije que no lo conseguirías— le dijo antes de tirarla por la barandilla de aquella azotea hacia una caída sin fin.

Todo había acabado o eso al menos esperaba. Hacia ella, que permanecía semi inconsciente en el suelo, corrió y se arrodilló a su lado. La cogió entre sus brazos y la abrazó fuertemente. En aquél momento el hechizo que

les engullía se rompió para volver todo a la normalidad.
No más monstruos, pensaron. Su rostro volvió a ser el
que era y se besaron.

—Siempre te he querido— le dijo ella.

—No hables, ya pasó todo— le dijo él quitándose la
máscara y mostrándole un pálido semblante por haber
perdido más sangre de la cuenta.

—Estás herido— le dijo ella al verle ensangrentado.

—Una bala, una espada, un mordisco… nada puede
detener mi amor hacia ti— le susurró al oído a la vez que
la besaba de nuevo.

DAVID MENDOZA

Sombra Venenosa

Así acabó todo para ellos. Los dos saltaron al vacío y esta vez, como la primera vez, de alguna forma volaron hasta sus destinos. De esta forma el bien pudo vencer al mal aunque nadie sabía cuándo podría volver la sombra venenosa que a todos de alguna forma podía asecharnos cada noche en la ciudad del terror viviente, en la ciudad del amor y de la desesperanza.

EPÍLOGO:

DAVID MENDOZA

BIBLIOGRAFÍA DEL AUTOR:

David Mendoza, alias **Lucky Mendoza,** (Sevilla, 17 de Agosto de 1976), licenciado en Historia en 2004, en la Facultad de Geografía e Historia de Sevilla, especializándose en Prehistoria y Arqueología, gracias a la cual experimenta en sus personajes numerosas características y los ubica en contextos reales e imaginarios, en sus infinitas virtudes y escenarios fantásticos, experimentando y elaborando una larga lista de obras que engloba desde el dibujo artístico, el óleo, cómic y literatura. Desde 1990 ha sido publicado en numerosas ocasiones a nivel local, colaborando en numerosas revistas. Entre los años 1993 y 1994 colaboró como ilustrador en la colección "*Los niños cuentan cuentos de niños*", volúmenes X ("*Cuentos y coplas*") y XI ("*Mosaico de letras*") en la localidad sevillana de Los Palacios y Villafranca. En 1995 publicó su primer cómic-book titulado "*Menda Mendoza y Dabú*", un ejemplo de cómo utilizar la tinta negra y sus efectos frente al mundo del papel blanco. En el año 2004 crea la revista "*Coca de la Piñera*" con la ayuda de la asociación ADS-CAL, dedicada a eventos deportivos en los que colaboró como organizador de varios trofeos de futbol

sala. A finales de 2008 crea el dossier artístico "*Salpensa Errante*" englobando en él literatura, cómic y deporte en el cual ostenta numerosos grados de disciplinas marciales, siendo su especialidad el Nihón Tai Jitsu. Sus publicaciones más recientes son: "*Microhistoria*", "*Historia de una rosa de papel*", "*La semilla de los caracoles*", "*Poemario para la villa de Utrera*", (estas cuatro primera obras publicadas en Argentina con las editoriales deauno.com y elaleph.com); "*Historia y filosofía orientales a través de las artes marciales. Nihón Tai Jitsu*", Sevilla, ed. Ituci siglo XXI, "*Leyenda de un héroe: Historia de los Z.G*" (Comic), "*Destino de lo imposible. Relatos Cortos*", "*Artes Marciales: Teoría, Métodos y Prácticas*", Reimpresión, EEUU, ed. Lulú.com (2009), "*Las aventuras de Menda Mendoza y Dabú*", (Cómic, 2ª ed.), "*Relatos Gráficos*" (Cómic), "*Katas con y sin armas*", ed. Lulu, "*El tío de la capa y otros relatos*" (Relatos cortos) "*Versos desde mi patíbulo*", ed. Cultiva (Madrid, 2009, Versos); "*My fantastic stories*", EEUU, ed. Lulu.com (2010); "*Ensayo del apellido Mendoza*", ed. Háblame (2010, Almería); "*Microhistorias*", 2ª edición, ed. lulu (ebook); "*La campiña sevillana: Utrera y Juan Mendoza*", EEUU, ed. Lulu.com (2010).

DAVID MENDOZA

www.ingramcontent.com/pod-product-compliance
Lightning Source LLC
Chambersburg PA
CBHW071343130626

46556CB00005B/2010